조규하 올림

구름 오케스트라

책 만 드 는 집
시인선 238

구름 오케스트라

조규하 시조집

책만드는집

최근 들어 시력에 이상이 생겨서 남모르게 좌절을 하는
사이, 시조가 나에게 왔다. 신춘문예를 준비하는 과정이
결코 쉽지는 않았다.

자판을 치기가 어려울 만큼 더듬거리며 눈물의 시간을
건넌 것이 사실이다. 그 결과 이렇게 시조라는 새로운 세
계가 나를 받쳐주고 있다는 것은 얼마나 지극한 일인가.

눈이 흐려질수록 귀가 맑아져 온다. 이 또한 생각지도
못한 고마운 일이다. 세상일이란 다 좋을 수도 없고 또한
다 나쁘지도 않다는 것을 이순을 넘기고서야 깨닫는다.

돌아보면 모든 일들이 유정하고 새록새록 은혜가 넘친
다. 삶이란 이런 것이다. 사소했던 것들이 결국은 소중한
일이 되는 것.

오래전부터 문학을 통한 '치유학교'를 세우고자 했다. 내 생명의 전부를 불어 넣어 용인 산자락에 땅을 마련한 것도 그 때문이다.

세상의 아픔을 이고 진 사람들에게 삶의 용기를 일깨우고 싶다. 오로지 문학으로써 말이다. 그것도 우리 민족정신의 주춧돌인 시조를 통하여 치유의 길을 열어주고픈 마음이다.

그러하니 나의 첫 시조집 『구름 오케스트라』의 책임이 참으로 크다.

2024년 삼월에
조규하

| 차례 |

2부   바코드 읽기

3부   기본설계도

4부 가장 끝 집

5부   하늘 법 & 세상 법

1부

벗고 싶은 봄

이순 耳順

눈을 감고 들어보자 안 보이는 세상의 말

하늘에 밑줄 긋고 오오래 침묵할 것

벅차게 열리는 새벽
정수리가 환하도록

비누

왜 너의 이름에선 빗소리가 들릴까

촉촉한 빗물 같은 눈물이 고여들까

한 덩이 달 조각 같은 너를 내게 들인다

이름 안쪽 그 어디에 숨었던 거품들이

그믐달 하늘처럼 야위어 가기 전에

이 밤도 귀를 씻으며 들어보는 빗소리

점자 편지

돌올한 점을 찾아
손가락이 지나간다

침묵을 깨워주는
손끝이 입술이다

따습게 지나가는 혀
마음을 핥아준다

말을 잃은 당신이
점점이 찍어 쓰신,

시력을 잃은 내가
더듬어 읽노라면

한 번도 듣지 못했던
목소리가 들린다

시력 검사

이것저것 안 가리고 너무 많이 보았다고
이 아침 눈 속으로 안개가 스며든다
때로는
별 무더기가
쏟아져 들어온다

검지가 가리키는 그 끝을 바라보면
스스로 길을 내며 날아가는 화살 있다
아슬한
동박새 울음
섬 동백이 피고 있다

맨드라미 꽃 빛깔로 오는 저녁

온전히 내 편이던 지상의 단 한 사람

허전한 빈자리를 용케 알고 찾아와서

참말로 애썼노라고 어둑어둑 감싸준다

건너편 테라스에 커튼이 내려진다

하늘을 어루만지는 꽃빛의 아늑한 손

하나둘 켜지는 가로등 제 몸부터 밝힌다

꽃무릇

먼발치 산사 아래 외발로 서서 피네

긴 목 빼고 기다리는 여름밤 달빛 그늘

바람결
스쳐만 가도
그대인가 돌아보네

거울 너머

맨얼굴로 너를 건너
나를 본다는 거

그곳에 내가 아닌
누가 있다는 거

볼수록 나 같은 누가
가만 말을 건다는 거

어머니, 이제 보니
여기 와 계시네요

백 세를 견디느라
무던히도 외로웠을

당신이 나처럼 앉아
희미하게 웃네요

꽃 발자국

그리운 이름 하나 허공에 던져두면
먹구름에 장대비가 내 발길을 막아서도
꿈꾸다 별이 되는 나
별이 되어 꿈꾸는 나

꽃목걸이 걸어주며 다시 오마 하시더니
그대 떠나 텅 빈 자리 꽃으로 지는 얼굴
잊고자 다짐하면서
그 다짐만 잊어요

가을 빈자리

텅 빈 가을 산턱 연을 높이 날리듯이
얼레에 감겨있는 그리운 맘 돌돌 풀면
젊은 날
우리 기쁜 날
달빛 아래 꽃이었지

힐끗 본 귀밑머리 끝내 잊지 못하고서
추억이 살고 있는 산자락에 나부끼는
신열을
다독이다가
바람결에 잠이 든다

억새 물결

나 언제 그 가슴에 저리 희게 빛날거나

사랑은 간 만큼씩 다시 또 온다는데

아직도 그대 빈자리 달빛만 일렁이네

비슬산에서

가창댐을 끼고 돌다 조길방 가옥 근처
졸음인 양 희부옇게 나뭇가지 물오른다
냉이꽃
저도 덩달아
실눈을 뜨고 엿보는 날

담쟁이 배경으로 해가 지다 잠시 멈칫,
꽃물을 그윽하게 쓰다듬고 있는 것을
맨 먼저
훔쳐보느라
붉게 번진 내 눈길

산새

깃털 털며 날아드는 어스름이 촉촉하다

귓속에 스며드는 낯익은 새의 숨결

한 번쯤
우리 만났을까
네 이름은 뭐였을까

농현弄絃

1.
뇌성마비 보디빌더 우승자의 인터뷰 글,
몸이 틀어질수록 마음 더욱 바로 서고
눈 속에 비친 풍경은 비뚤어진 곳 하나 없다

2.
그렇게 보란 듯이 바람을 먹고 심어
태풍에도 끄떡없는 돌담가 대추나무
까맣게 벼락 맞아야 도장밥 달게 먹듯

3.
왼손으로 줄을 짚고 가음嘉音으로 서는 자리
이념도 막지 못해 열려있는 하늘 너머
북녘 땅 산자락 울려 네 중심에 닿고 싶다

벗고 싶은 봄

코로나 바이러스 마스크 5부제가
담쟁이 넝쿨처럼 담벽을 둘러쳐도
빈손을 탈탈 털면서 제집으로 가는 봄

내 맘이 네 맘이니 맘 편히 가지란다
더불어 같이 갈까, 미래를 통합할까
정의를 공화하려는 선거판에 열띤 봄

한 끼 밥은 건너가도 맨입으로 못 나가요
거리마다 입을 막고 거리를 두는 사이
우리는 서로 몰라요 각자가 따로지요

요일마다 수량 한정 봄날도 매진인데
선착순, 이라는 말 불안하기 짝이 없어
언제쯤 입을 벗나요, 입술도 맞출까요

짝

내 마음 실개울에
고여있는 동그라미

모난 곳 하나 없이
둥글둥글 곁을 돌며

먹구름 소용돌이에도
이정표를 찾아준다

스마트 신

나를 섬겨 따르는 이 너희는 내 신도니라

그러니 폰을 들고 세상 곳곳 모이거라

건널목, 버스 정류장, 전동차 안 깊숙이

기도하는 마음으로 성聖액정을 우러르라

거기에 떠다니는 말씀들이 진리거니

날 믿다 사고가 나도 은총이라 여기라

2부

바코드 읽기

하루

나는 너를 살아낸다
흔적을 내며 산다

텅 비인 배경이 된
문밖에 매달리면

상처를 꿰매고 있는
갸륵한 손이 있다

우분투ubuntu

아프리카 오랜 전통 게임의 법칙이죠

승자 독식, 절대 아닌 다 함께 나눈다죠

친구가 모두 슬픈데 어찌, 혼자 행복할까요?

코로나 먹구름이 걷히기를 손꼽으며

우리가 있었기에 나도 여기 있는 거죠

더불어 같이 사는 길 그야말로 지름길!

한강대교

무수한 봄날들이 무수히 오갔는데

무엇이 또 모자라 도시는 응석인가

해넘이
해맞이 꽃을
다투어 피어내는

가시 향기

발칸산맥 고지대를 지키는 장미꽃이

으뜸의 향기를 지녔다고 하더이다

부족한 햇빛 때문이라니, 그게 정말이라니

찬 어둠에 꽃을 따는 자정부터 두 시 무렵

가시에 찔리는 게 다반사라 하더이다

가시 쪽 아픈 눈물이 천리향이 될 수밖에

아직은 비

이별의 잔상들은
사라지는 법이 없다

달팽이관 한쪽 어디
도둑처럼 숨었다가

때아닌 어지럼증으로
온몸을 쏘다닌다

목련

어둠을 조율하며
봄밤이 다녀간다

누가 서서 울고 있나
떨어지는 흰 손수건

눈물을 닦아주느라
온밤 내 흔들린다

바코드 읽기

아래로 죽죽 내린 문신이 새겨져 있다
저들만의 비밀번호 분홍색 브래지어
가격이 매겨지느라 바쁘게 속삭인다

고개를 스윽 돌려 오이 세 개, 두부 한 모
고등어 두 마리도 얌전히 기다린다
오늘도 장바구니 속을 척척 알아 진단한다

지금 어디에서 누가 나를 읽고 있나
블랙홀의 미리내를 용케도 찾아내는
더 이상 숨을 곳이 없다 나를 스윽, 지나치는!

아바타

사랑은 내리사랑 마음 둘 곳 따로 있다고
병원 복도 긴 의자가 이젠 제법 아는 체다
빠끔히 문이 열려도 관심 없는 저 표정

자식이 있는 곳은 문턱 닳게 오가는데
부모 계신 병실 쪽은 너나없이 썰렁하다
오늘은 부모의 자식, 내일은 우리도 부모

한푼 두푼 절약하듯 마음도 좀 아껴둘걸
몽땅 준 자식 사랑 반의반도 받지 못한
울 엄마 빈털터리 가슴 나 또한 마찬가지

맛

말복이
지나가니 열대야도 달아났다

살짝
혀를 내밀어 맛보는 바람의 맛

단맛이
이런 거구나, 이제 알게 되다니

풀꽃에 얹힌 놀빛

나 어릴 적 강가에서 물수제비 잘도 떴지
퐁, 퐁, 퐁, 달려가던 돌멩이 저 발자국
갈대가 실어 나르는 바람 타고 찾아갈까

금은보석 손가락이 부럽지 않던 그때
갓 스물 젊은 날에 만들어준 풀꽃 반지
수십 년 세월이 가도 가슴 깊이 피어있지

한 스푼 풋열매가 노을에 물이 든다
에움길 돌고 돌아 절벽을 넘고 넘어
그 누구 못다 한 꿈을 저리 펼쳐 놓는가

반비례

빌딩이 높아질수록 인격은 낮아지고
집은 더 커졌는데 가족은 적어집니다*

보약은 많아졌는데 건강은 어떤가요?

참말은 숨어들고 거짓말이 앞섭니다
말이 달수록 실천은 쉽지 않죠

사랑을 열변하면서 나눔은 어떤가요?

* 밥 무어헤드「우리 시대의 역설The paradox of our time」에서 패러디.

모순矛盾

처음은
나중이고
미래는
다시 과거

완료를
부인하는
길은 늘
진행 방향

오늘은
어제의 내일
내일은
모레의 어제

강화 왕골

화문석 자리틀에 열여섯에 앉았으니

한길로 반백 년을 살았다는 서순임 씨

학교는 안 간 게 아니라 못 갔다고 웃는다

쪽과 치자, 백년초로 정성껏 물을 들여

왕골 바이러스를 평생 달고 산다면서

아끼는 '일월오악도' 가만 펼쳐 보여준다

택배

혼자 집을 보는 중에 벨이 울려 문을 여니 집배원은 간 곳없고 상자만 덩그러니

비대면 선물이 왔다, 못 본 지 오랜 얼굴로…

화해

미움도 맨 처음엔 사랑의 얼굴이듯

겨울 끝 된바람에 봄빛이 아롱지듯

아무리 움켜쥐어도 모래알은 흘러내리지

않고 서면 일어나는 마음속 검불일랑

한 눈 감아 덮어주고 한 손으로 털어주면

저만큼 물러난 우리 다시 손을 잡으련만

3부
기본설계도

쑥

그저
앞만 보고 시퍼렇게 살아왔다

한눈
한번 팔지 않고 해와 달을 맞이했다

그렇게
더도 덜도 아닌 봄을 품고 너는 온다

까치 소리

살아온 날들보다 살아갈 나날들이
조금 더 가파른 걸 알고나 있냐는 듯
울다가 소리를 멈추고 내 눈치를 살핀다

사랑의 마음들은 그날그날 넘겨줄 것
재고가 쌓인다면 희망은 멀어진다며
이 아침 귀를 적시는 가르침이 뜨겁다

울음보

하늘 높이 치솟으며 그렇게 뻠을 재며

당신이 오기까지 내가 가기까지

눈물은 섞지 않았던 마른 날도 있었음을

메마른 언저리에 스위치를 올리면

단박에 터뜨리는 가슴팍의 저 분수여

아무도 모를 줄 알고 여름내 울고 있다

귀뚜라미

아침 환히 열었으니 밤은 잘 닫으라고

베란다 화분 근처 너희가 우는 시간

가을은 소문도 없이 목덜미에 감긴다

그림자놀이

총칼 없이 쳐들어온 바이러스 전쟁터다

거리 두고, 입을 막고, 문밖을 떠도느니

집 안에 들어앉아서 햇살과 숨바꼭질

헛웃음 짓다

저 들판 들꽃같이 나 있고 너 있는데

붉으면 어떠하고 푸르면 어떠할까

서로가 흠이 있는 걸 견줄 일이 뭐 있을까

내 삶의 고갯길을 이쯤에서 헤아린다

무얼 그리 애써가며 붙잡고 있었는지

지나면 싱겁기만 한 그렇고 그런 것을

새벽 등대

안개가 옅어지자 꾸벅꾸벅 조는 바다

어둠이 웅크린 채 파르르 몸을 떨 때

불빛을
감싸며 펴는
달빛 이불 서너 채

애오개

5호선 지하철역 이름도 애틋하네
가슴 저린 이야기들 그 옛날 아이고개
새파란 젊은 엄마는
눈 붓도록 울었겠지

어미젖도 못 빨고서 먼 길 떠난 내 아가야,
허기진 바람 속에 뺨에 스친 꽃잎 한 장
어깨에 나붓 앉아서
갸웃대는 내 아가야,

오늘도 발길 따라 걸어보는 이 고갯길
저기 저, 초저녁별 울음을 참고 있네
내 등을 쓰다듬느라
저녁이 참 더디네

일력 생각

어릴 적 우리 집에 걸려있던 두툼한 일력
아침마다 한 장씩 뜯어내던 날짜들을
이제는 볼 수도 없고 추억만 애틋하다

그 종이를 따로 모아 연습장을 만들어주신
아버지 하신 말씀 어제인 듯 다가온다
하루씩 찢는 게 아니라 시간을 쌓는다던

갈수록 얇아지는 지난날 일력처럼
망연한 내 뒷모습 아버지를 닮았다
봄볕에 꽃 그림자가 한 장씩 쌓여간다

아구매운탕

오늘은 잘 살아보자
점심으로 정한 메뉴

지리는 밍밍하지
화끈하게 끓여볼까

무엇을 아구아구, 씹어
눈물 나게 넘길까

섣달그믐

기어이 내게까지 오고야 마는구나
들리는 귀의 말도 눈 둘 곳도 허랑하다
괜스레
겉도는 마음
먼 꿈이나 더듬대고

서늘한 그늘 몇 줌 사선으로 지나간다
좁다란 골목으로 익숙하게 펼쳐지는
자꾸만
어제의 일이
옷소매를 잡아끈다

정월

자투리로 남은 약속 알뜰히 챙겨 들고

못다 한 이야기는 찬 달빛에 내어준다

이제는
나이 헤는 버릇
슬그머니 놓았다

오늘의 날씨

북서풍을 타고 와서 남동으로 불어오는

황사바람 진원지는 변함없는 고비사막

창밖을 보는 눈길이 덩달아 흐립니다

꽃잎 열고 넌출넌출 흔들리는 벚꽃 위로

알싸한 회초리가 한차례 지나더니

못 벗은 마스크 위로 꽃비가 내립니다

구름 오케스트라

영글어 맺힌 이름 사랑에 끝이 있으랴
남몰래 가슴앓이
보듬어줄 봄이 오고
메아리 들녘을 넘어 멀리까지 달려간다

해안선 모래톱에 나붓한 새 발자국
파도는 악기가 되어
쉼 없이 넘나들고
그참에 물결 거슬러 곡예하는 물고기들

마파람을 껴안은 채 해송海松이 지휘하자
해종일 수평선이
자맥질로 춤을 춘다
하늘을 넓히고 있는 늠름하다 저 몸짓!

기본설계도

마음을 얻으려면 낭비가 미덕이다

돈이고 시간이고
기꺼이 퍼내는 것

따지던 잣대를 던지고 무작정 베푸는 것

4부

가장 끝 집

대관령

하늘이 힐끔힐끔
한 걸음씩 내려오자

머리에 손을 얹으면
만져지는 구름 모자

재빠른
바람이 와서
발꿈치를 받쳐준다

다이어트

적게 먹고 많이 웃고
부지런히 움직이고

몸매를 지키는 일 마음을 다잡는 일

땀 흘려 걷고 뛰어도
식사 조절 우선이지

아침저녁 다짐해도
도둑보다 무서운 식욕

비법이 무엇이냐 묻는 것은 모두 헛일

끝까지 입조심해야지
자신감을 얻으려면

늦가을 연밭

여름 내내 받든 꽃을
고스란히 보내놓고

노랗게 시든 잎이
못물을 덮고 있다

연밥에 숨은 연씨는
서리꽃을 피웠다

껍질을 보다

아들만 둘이다 보니 딸 노릇 하는 둘째,
늘 곁에서 달막달막, 엄마 편을 들던 아이
잘 웃고 살갑던 막내가 서른 나이 넘겼다

변변한 연애 없이 공부만 했었는데
그저 바라만 봐도 늘 아픈 내 손가락
이제는 독립한다고 선언서를 발표했다

짐을 싸는 뒷모습에 안개꽃 피는 눈물
텃밭에 뿌린 씨가 꼬투리를 맺는구나
알맹이 빠져나가니 내 온 가슴 쭉정이다

너를 보내고

돌아설 때 들이치는
빗물 같은 후회 몇 줄

너 떠나 텅 빈 하늘
알고는 있다는 듯

어둠은 치렁치렁한
그림자를 풀어낸다

아뿔싸, 2020

침까지 튀겨가며 많이도 떠들었지

그만큼 욕도 먹어 헛배도 불러왔지

거리는 마스크 행렬 너나없이 묵언수행

사회적 거리 두기로 적당히 멀어지자

서로의 모습들이 더 가까이 드러나고

평범한 일상의 일들이 그야말로 선물이다

꽃의 장례

경매에 떨어져서 무덤처럼 쌓인 꽃들

싹둑, 목을 잘라내는
주인 손이 떨려온다

새로운 시작이란다
알스트로메리아 그 꽃말

졸업도 입학식도 건너뛰는 시절 만나

맥없이 펄럭이는
화훼 마을 천막 아래

바람이 곡소리 하듯
꽃 주위를 맴돈다

가을 어머니

저만치 가을이 오면 귀가 맑아진다
사철 푸른 소나무도 잎끝이 순해져서
나무를 스치는 바람, 부드럽게 들린다

아이를 낳고 나서 엄마를 부르던 날
비로소 그 색깔이 무엇인지 알았다
목젖이 칼칼해지는 그 냄새도 알았다

신춘 新春

등을 살짝 밀어주는 서울역이 남다르다

새해 일월 싸한 햇살 한강 다리 넘어갈 때

부산행 차표에 찍힌 시인이란 환한 이름

꽃단풍 밤

시월 산자락이 색동옷을 입었구나
어린 우리 자매에게 지어주신 그 옷 빛깔
손잡고 나들이 가던 그날들이 아련하다

자식들 배고플라 찬 바람에 감기 들라
평생을 노심초사 손이 먼저 단풍 들던
외로움 벗을 삼느라 귀도 멀리 나앉았다

바알간 나뭇잎이 서너 장 날아들자
미수米壽의 울 엄마가 혼잣말로 쓰는 시詩
"첫날밤 꽃밤이구나" 달빛 따라 빙그레

상냥한 이별

너를 멀리 두고 돌아서는 하늘을 봐

얼굴이, 뒷모습이, 발걸음이, 희미해져

잊어라 그런 말 따윈 우리 그냥 묻어두기

꿈길에 만나더라도 알은척은 말기로 해

빨노파 색을 섞어 검정을 만들듯이

어둠이 깃든다 해도 이제는 놀라지 마

가락국수

너와 내가 만났으니 함께 먹자 들어섰던
남대문 시장 골목 미닫이 유리문을
드르륵, 열고 닫을 때 소리마저 맛 들었다

잘 우려낸 국물 속에 돌돌 말린 국수 가락
가벼운 주머니 걱정 한 방에 날려 보내고
눈빛도 나누어 먹던 따끈했던 그때 우리

엄마

해마다 가을이 오면 대문 쪽에 눈이 가고

날 부르는 목소리가 환청인 양 들린다

늙어도 늙지 않는 건 변함없는 그 이름

벚나무 아래

사월도 환한 봄날 스카프 나풀거리며
너를 바라 나 섰으면 차마 눈 뜰 수 없어
꽃그늘 가장자리에 놓인 발목 그리워

옛날도 아주 옛날 내가 열일곱 적
하얀 손 내밀어서 받아 든 꽃잎 몇 장
너처럼 해마다 와서 놓고 가는 마음이야

가장 끝 집

한평생 쓸고 닦던 자식들도 뜸해지자

애틋한 인연 대신 주렁주렁 매달린 끈

양팔에
코 안쪽까지
링거 줄 벗 삼는다

하루하루 느는 것이 목숨 줄인가 몰라

무늬로 피워냈던 나이테를 헤아린다

꽉 쥔 손
풀어야 벗을
언덕 아래 요양병원

하늘 나이

일흔을 바라보는 딸인데도 안타까이

빙긋이 웃다가도 눈 끝이 붉어진다

아직도 자식 목소리 귀를 모아 들으실까

어머니 세상 놓고 하늘 소풍 채비한다

평생을 종종걸음 누굴 위해 사셨을까

백세 살 여기에 두고 새 나이 받으셨다

5부

하늘 법 & 세상 법

흙

세상의 어진 향기 사철을 품고 있는

만물의 어버이요 만물의 생명이라

한 움큼 움켜쥔 흙이 따습고 정직하다

오로지 한마음

천둥 비 울던 날에 신청한 개별 필지

정직한 땅을 위해 오늘까지 가슴앓이

침몰된
난파선 될까
눈물로 달랩니다

십수 년간 부르짖던 우리들 바람 위에

장마 끝에 반짝! 햇빛 하늘 가득 내려오니

바람도
석술암* 꼭대기
벌써 마중 나갔지요

* 경기도 용인시 백암면 석술암산.

꽃 지는 날

맹세로 떠도는 말 바람에나
흘려두고

못 갚은 몇 마디 말 공손히
돌려주고

저 꽃잎 무한 허공 속 품에나
안겨주고

너 아닌 다른 사랑 두 번은
다시 없을

바람도 울고 와서 가지 끝에
떨고 있을

아직도 그대 그림자 뒷모습에
흔들렸을

사랑도 비대면인가요

길고 긴 역병이더니
이제야 가려느냐
왔던 길을 몰랐으니
가는 곳도 알 수 없네
아직은
씨방 안 불씨
사위지 않았는데

더운 숨결 품은 채로
매달리는 흰 마스크
말은 이미 묻었으니
눈으로 널 보내리
우리들
언약 몇 줄이
단말마斷末摩로 흩어진다

부메랑

하늘 바라 맹세컨대 도면 작성 모릅니다
엉뚱하게 날아와서 내 폐부를 찌르고 간
독화살 그대를 향해 다시 날아가네요

시쳇말로 마녀사냥, 천지 분간 못 하시네
제발 귀를 열고 말씀 좀 들어봐요
아는 건 시 쓰는 일뿐, 변명 아닌 소명입니다

알아만 주신다면 천만번 외칠게요
진실이란 때가 되면 우리 앞에 꽃피는 것
분노가 그대 눈까지 멀게 할까 두렵습니다

하늘땅을 품었네

큰 뜻을 세웠으니 뿌리를 내리자고
기도의 말씀 잡고 오랜 날을 다짐했다
믿음이 꽃이 되는 걸 몸소 겪어 알았기에

어찌 세상일이 내 맘처럼 풀릴까만
그럴수록 끌고 가는 내 삶의 이정표 뒤
어둠에 몸을 감추는 무리들이 도사렸다

누가 땅을 두고 눈속임을 하려 드나
목숨의 텃밭이고 핏줄이라 여겼거늘
몇 방울 허깨비 단물 입술에 바르는 자

하늘이 허락하신 사명을 나 받들고
눈물을 쏟아가며 한겨울을 추스른다
당신이 함께하시니 무릎 세워 걸으리라

하늘 법 & 세상 법

닭발에, 오리발에, 독 사발을 들먹이며

우리들 눈과 귀를 헷갈리게 하였는데

칠십에 칠십 번씩을 용서하란 말입니까

뜨거운 십자가는 바라볼 수도 없어

더는 참지 못해 세상 법에 맡깁니다

주님을 닮고자 했던 허울 또한 벗습니다

앞뒤를 재어가며 시늉뿐인 믿음 앞에

오만했던 허세까지 엎드려 고백하오니

옳은 자 머리 위에는 크신 손 얹어주소서

아름다운 나라

서울에서 제주까지
비행기를 날개 삼아

하늘 높이 올라가지
나도 그만 새가 되지

창밖에 우리나라가
옹기종기 정답다

장난감 미니어처
조그마한 산과 강들

바다만이 몸을 열고
파랗게 여울진다

눈 끝이 짜르르하네
품에 안긴 내 나라

서울

왼쪽엔 북악산을 인왕산은 오른쪽에

앞에는 남산 자락 병풍처럼 둘러놓고

하늘이 포근히 앉았다
시인의 언덕*에 서면

경복궁과 청와대를 품고 있는 이 둘레길

정치든 권력이든 오고 가면 그뿐이라고

발꿈치 헤아려가며
가만가만 일러주네

* 윤동주 시인이 자주 올랐다는, 인왕산 자락에 있는 언덕. 현재 공원이 조성되어 있다.

벼랑 꽃

머리카락 서로 묶고 절벽 아래 뛰어드네
못 이룬 절대 사랑 마침내 이뤘다네
차모로 괌Guam의 원주인, 절절한 그 전설을

여기 와 바닷가에 내 사랑을 불러보네
오래도록 품어왔던 그대 이름 꽃피우네
마침내 사랑의 종점 어디에도 없다는 걸

낮이면 물안개로 밤이면 은하수로
마지막이 출발이야 여기 오면 알 수 있어
하늘 길 열릴 때까지 하나 되어 간다는 걸

오미크론

우리나라 산과 들에 꽃들 홀로 심심할까

바람 부는 곳을 찾아 구름이 따라간다

전염성 바이러스도 살겠다고 곁눈질

코로나의 봄

윤중로 여의도 길 길고양이 지나간다

꽃그늘에 졸다 깨다 반눈 뜨고 야오옹,

꽃비를 방역 삼아서 반눈 감고 야오옹,

가로등

소나기 들이치는 한여름 문밖에서

가로등 저만 홀로 눈을 뜨고 지키는 밤

빗줄기 목을 꺾어도
뱉지 않고 삼켜낸다

봄의 뒷모습

참말, 꽃 피기 좋은 그런 봄 그런 날에
잡은 손 툭, 떨치고 그대가 떠난 날에

저렇게 눈웃음으로 홍매화가 피다니

이마를 마주하고 환히 웃던 우리 사이
지난밤 꿈속에는 꽃과 나비 우리 사이

눈시울 가물거리며 모르는 척 가다니

벽보

선거가 끝이 나자 사진도 뜯어지고

바람에 펄럭펄럭 얼굴들이 휘날린다

확성기 소리도 끊긴, 골목길이 휑하다

텅 빈 담벼락에 목련꽃이 일렁이다

승자의 얼굴 쪽을 쓰다듬듯 떨어진다

공약을 믿겠노라고 다짐하듯 꽃 지는 날

생생한 감각의 서정화로
살가운 울림을 주는 시편들

이경철 문학평론가

깃털 털며 날아드는 어스름이 촉촉하다// 귓속에 스며드는 낯익은 새의 숨결// 한 번쯤/ 우리 만났을까/ 네 이름은 뭐였을까(「산새」 전문)

시조미학에 충실하면서도 감동을 새롭게 끌어내는 시적 자세

조규하 시인의 첫 시조집 『구름 오케스트라』에 실린 시편들은 시조의 정형은 지키되 자유자재하다. 막힘없이 훤히 뚫린 느낌으로 우리네 일상적 삶을 다 담아내면서도 품과 깊이를 아우른다. 그래서 읽는 이를 공감의 세계로 끌어들인다.

조 시인은 온몸의 감각으로 시를 쓰고 있기에 머리나 생각으로 쓰는 시보다 훨씬 더 구체적이고 생생하다. 오감이 함께 어우러져 쓰는 시편들은 우리네 삶의 전반은 물론 우주 삼라만상으로 확산하며 우리 몸과 마음에 직접, 와 안기는 서정을 일구어낸다.

맨 위에 인용한 시「산새」는 단시조이다. 초장에서는 어스름 저녁 둥지로 날아드는 새의 풍경을 "촉촉하다"는 촉각으로 잡아내고 있다. 시각으로 잡는 풍경보다 촉각이어서 직접 피부에 와 닿는 느낌이다. 중장에서는 촉각과 청각 등 온몸의 감각으로 그런 풍경을 자기화, 내면화하고 있다. 그러다 종장에서는 너와 내가 하나였다 이제는 헤어진 그리움, 아쉬움 등 원초적 서정을 가없이 확산, 심화시키고 있다.

이렇듯『구름 오케스트라』에 실린 좋은 시조들은 기승전결이라는 시조의 구성미학은 물론 시조의 정형에 충실하다. 무엇보다 온몸의 감각으로 쓴 시여서 시조의 구태나 관념으로부터 자유로우며 펄펄 살아있는 생동감 있는 서정을 펼치고 있는 것이다.

돌올한 점을 찾아
손가락이 지나간다

침묵을 깨워주는
손끝이 입술이다

따습게 지나가는 혀
마음을 핥아준다

말을 잃은 당신이
점점이 찍어 쓰신,

시력을 잃은 내가
더듬어 읽노라면

한 번도 듣지 못했던
목소리가 들린다
　　　－「점자 편지」 전문

　"말을 잃은 당신"이 "시력을 잃은 내"게 보낸 점자 편지를 읽
는다. "침묵을 깨워주는/ 손끝이 입술"이라는 표현이 절실하게
닿는다. 말, 언어의 관념 대신 촉각으로 쓰고 읽는 시이기에 생
생하고도 더 살가운 느낌을 동반한다. 점자를 더듬어 읽는데
한 번도 듣지 못한 "목소리"를 듣다니.

오감 중 촉감이 너와 나, 대상과 시인이 서로서로 살 비비는 느낌을 그대로 전해준다. 그런 일체화된 느낌을 우주적으로 확산시키며 나와 삼라만상이 하나였다는 것을 아연 확인시켜 준다. 그런 촉감을 잃고 우린 언어나 풍경의 개념이나 환상에 얼마나 사로잡혀 왔던가. 그런 개념이나 관념, 환상보다 원초적으로 삶과 세계에 가닿으려는 시인의 자세는 시의 생생함과 깊이를 잘 드러냈다고 볼 수 있다.

최근 들어 시력에 이상이 생겨서 남모르게 좌절을 하는 사이, 시조가 나에게 왔다. 신춘문예를 준비하는 과정이 결코 쉽지는 않았다.
자판을 치기가 어려울 만큼 더듬거리며 눈물의 시간을 건넌 것이 사실이다. 그 결과 이렇게 시조라는 새로운 세계가 나를 받쳐주고 있다는 것은 얼마나 지극한 일인가.

이번 시조집 권두에 실린 '시인의 말' 한 대목이다. 시력을 잃고 대신 촉각으로 세상을 읽고 쓰고 있다는 것이다. 언어 이전의 원초적 세계를 마치 처음인 양 온몸으로 더듬더듬 받아들이며 시를 쓰고 있음을 실토한 말로 내겐 들린다.

5호선 지하철역 이름도 애틋하네

가슴 저린 이야기들 그 옛날 아이고개
새파란 젊은 엄마는
눈 붓도록 울었겠지

어미젖도 못 빨고서 먼 길 떠난 내 아가야,
허기진 바람 속에 뺨에 스친 꽃잎 한 장
어깨에 나붓 앉아서
갸웃대는 내 아가야,

오늘도 발길 따라 걸어보는 이 고갯길
저기 저, 초저녁별 울음을 참고 있네
내 등을 쓰다듬느라
저녁이 참 더디네
　－「애오개」전문

　지하철역 이름 '애오개'의 어감과 설화에서 착상된 시다.
'ㅇ'이라는 동글게 말린 자음과 가운데 양성모음 'ㅗ'를 앞뒤로
감싸는 모음 'ㅐ'가 애잔하게 들리는 어감이다. 거기에 애오개,
애를 묻은 고개라는, 고개 이름이 나온 설화가 보태져 시공을
넘어선 삶의 본원적 설움을 환기하고 있다.
　죽은 아이들이 서소문 밖으로 나와 아현동 고개를 넘어 묻

104

했다는 역사, 혹은 설화에 바탕 해 어린 아들 잃은 모정과 한마음에서 나온 시, 참 서럽고도 깊다. 어깨에 날아든 나비며 꽃잎, 그리고 애저녁에 뜨는 별도 다 한 핏줄로 느끼며 서정을 확산, 심화시키고 있지 않은가. 그런 고갯길이기에 초저녁별은 "울음을 참고" 저녁은 "더디"게 오는 것이다.

왜 너의 이름에선 빗소리가 들릴까

촉촉한 빗물 같은 눈물이 고여들까

한 덩이 달 조각 같은 너를 내게 들인다

이름 안쪽 그 어디에 숨었던 거품들이

그믐달 하늘처럼 야위어 가기 전에

이 밤도 귀를 씻으며 들어보는 빗소리
　－「비누」 전문

'비누'라는 일상의 소비품을 온몸의 공감각으로 받아들이며 서정을 이끌고 있다. 두 수로 된 연시조 첫 수에서는 인간이 만

든 공산품마저도 어떻게 시인의 몸으로 받아들여지는가가 잘
드러나 있다. 물을 틀어놓고 샤워나 세수를 해봐 익숙한 비누,
그 체험을 생짜의 감각으로 드러내고 있다. 비누에서는 "빗소
리"가 들리고 "빗물 같은 눈물"이 고여든다고. 그러면서 닳아서
작아지는 모양을 "그믐달" 같은 생김새로 비유하며 자신과 비
누를 일치시킴을 본다. 둘째 수에서는 '비누'라는 이름과 특성
을 통해 서정을 더 심화해 가고 있다. 그리움이나 우리네 삶도
비누 거품처럼 금세 터지거나 차츰 야위어가는 것이 아닐까.
그런 삶의 본질을 생생하게 잡고 전하기 위해 비누로 귀를 깨
끗이 씻듯 청각을 맑히고 있다.

서정이란 무엇인가. 지금은 따로따로이지만 너와 나는 원래
하나로 같다는 것이 서정의 기본 아닌가. 그런 서정을 시공 구
분 없이 한순간 온몸으로 잡아내 살 떨리게 생생히 전하는 것
이 시가 아니던가. 이 시조집이야말로 그런 시와 서정의 기본
을 짧으면서도 자유자재로 운용하고 있는 점이 돋보인다.

일상의 다양한 소재를 살아있게 하는 시적 능력

그저
앞만 보고 시퍼렇게 살아왔다

한눈
한번 팔지 않고 해와 달을 맞이했다

그렇게
더도 덜도 아닌 봄을 품고 너는 온다
　－「쑥」전문

　쑥을 제목으로 잡고, 또 소재와 대상으로 삼아 쓴 단시조다. 거들떠보지 않고 귀히 여기지도 않지만 세상의 봄을 부르는 쑥의 올곧은 삶을 곧이곧대로 드러냈다.

　봄의 전령사 하면 우린 흔히 매화나 영춘화 등 이른 봄에 피는 꽃들만 귀하게 떠올린다. 그런 귀한 축에 끼여 포장되지는 못하지만 쑥은 잔설 속에서도 봄기운과 함께 시퍼렇게 솟구쳐 오르는 생명을 지천으로 과시한다. 그런 쑥과 시인이 그대로 일치감을 이룬다. "그저/ 앞만 보고 시퍼렇게 살아왔다"며.

　단시조인데도 각 장을 연으로 나누고 각 장 첫 어절을 따로 떼어 행으로 독립시킨 기사법이 시조의 구태를 벗어나 새롭다. 그 독립된 첫 어절들이 쑥쑥 솟아오르는 쑥의 기상을 운율화하여 더욱 힘 있게 읽힌다.

적게 먹고 많이 웃고
부지런히 움직이고

몸매를 지키는 일 마음을 다잡는 일

땀 흘려 걷고 뛰어도
식사 조절 우선이지

아침저녁 다짐해도
도둑보다 무서운 식욕

비법이 무엇이냐 묻는 것은 모두 헛일

끝까지 입조심해야지
자신감을 얻으려면
　–「다이어트」 전문

　체중이 불어나는 사람이면 누구든 원하는 다이어트를, 명쾌
하게 표현해 냈다. 첫 수에서는 다이어트 방법을 요약하고 있
다. 누구든 알고 있는 방법이어서 뭐 특별히 읽히지 않기에 시
의 방점을 찍지는 않았다. 무서운 식욕에 실패하기 일쑤인 다

이어트에 성공하는 비법이 숨어있는 둘째 수에 이 시의 방점은
찍혀있다. 비법은 "입조심"이다. 우선 먹는 것을 조심하라는 입
과, 모든 일과 이치에 무슨 비법이 있는 양 함부로 말하지 말고
말을 아끼며 묵묵히 실천하라는 입이다. 아는 것도, 본질과 비
법 등을 말로 하여 그 본체는 다 말 거품 되어 날아가 버리는 것
을 우린 얼마나 익히 경험했던가.

그런 삶과 세상의 본질과 이치를 다이어트에 빗댄 시로 특히
입조심하는, 말을 지극히 아껴가며 삶의 실감을 전하려는 자세
가 드러난다. 이처럼 이번 시조집에서 조 시인은 자연 혹은 일
상의 소재를 빌려 자신과 일치시켜 가며 삶과 세계의 진실을
실감으로 드러내고 있다.

코로나 바이러스 마스크 5부제가
담쟁이 넝쿨처럼 담벽을 둘러쳐도
빈손을 탈탈 털면서 제집으로 가는 봄

내 맘이 네 맘이니 맘 편히 가지란다
더불어 같이 갈까, 미래를 통합할까
정의를 공화하려는 선거판에 열띤 봄

한 끼 밥은 건너가도 맨입으로 못 나가요

거리마다 입을 막고 거리를 두는 사이
우리는 서로 몰라요 각자가 따로지요

요일마다 수량 한정 봄날도 매진인데
선착순, 이라는 말 불안하기 짝이 없어
언제쯤 입을 벗나요, 입술도 맞출까요

2021년도 《국제신문》 신춘문예 당선 시조 「벗고 싶은 봄」 전
문이다. 막힘없이, 재밌게 잘 읽히며 당시 코로나 팬데믹 세태
와 심경을 잘 드러내고 있다. "보고 들은 일상의 잡동사니를 끌
어와 시조의 자리에 앉힐 줄 아는 시"라는 심사평과 함께 뽑힌
데뷔작이다. 이 작품은 평자가 어느 시조 전문지의 청탁 글에
서, 올해 가장 신선하게 읽은 신춘작이라고 피력한 바가 있어
지금도 기억이 새롭다. 그런 심사평대로 조 시인은 우리네 삶
속에서 모든 소재를 끌어와 자유자재로 시를 빚어내고 있다.
짧게 서정화해 살가운 울림을 주는, 시에 능숙한 시인임을 이
번 시조집에 실린 시편들은 증명하고 있다.

위 시에서도 첫 수 종장 "빈손을 탈탈 털면서 제집으로 가는
봄" 등의 서정적 종결감이나 둘째 수 초장 "내 맘이 네 맘이니
맘 편히 가지란다" 등 일상의 말본새에 우리 민족 전래의 융숭
한 서정적 심사가 생생히 잘 드러나 있다. "벗고 싶은"이라는

묘한 어감에는 마스크를 벗고 싶다는 익살이 품겨 있다. 그런 민족의 심사에서 우러난 해학이 수천수만씩 죽어 나가던 살벌한 코로나 세태에 기죽지 않고 따뜻하게 감싸고 있는 것이다.

  나를 섬겨 따르는 이 너희는 내 신도니라

  그러니 폰을 들고 세상 곳곳 모이거라

  건널목, 버스 정류장, 전동차 안 깊숙이

  기도하는 마음으로 성^聖액정을 우러르라

  거기에 떠다니는 말씀들이 진리거니

  날 믿다 사고가 나도 은총이라 여기라
    ─「스마트 신」 전문

  스마트폰을 화자로 내세워 쓴 활달한 연시조다. 버스나 지하철 안은 물론이고 복잡하고 위험한 건널목을 건너면서도 눈을 떼지 못할 정도로 우리네 일상 깊숙이 침투한 스마트폰. 그렇기에 이 첨단 문명 시대의 '신'으로 군림하고 있는 스마트폰의

당당한 목소리로 그런 세태에 반성을 주고 있다. 우리가 주야로 곳곳에서 액정을 들여다보며 살고 있으니 "날 믿다 사고가 나도 은총이라 여기"는 수밖에.

그럼에도 자유시나 서양시의 풍자나 비판처럼 공격적이고 살벌하지 않다. 우리 민족 고유의 삶의 미학인 해학에 바탕을 두고 상대는 물론 나까지 그 비판과 반성으로 껴안고 있기에 그 품이 넉넉하고 여유롭다. 그래서 일방적 풍자보다 더 큰 공감을 주는 우리네 시조의 미적 풍자가 아니던가.

　　사랑은 내리사랑 마음 둘 곳 따로 있다고
　　병원 복도 긴 의자가 이젠 제법 아는 체다
　　빠끔히 문이 열려도 관심 없는 저 표정

　　자식이 있는 곳은 문턱 닳게 오가는데
　　부모 계신 병실 쪽은 너나없이 썰렁하다
　　오늘은 부모의 자식, 내일은 우리도 부모

　　한푼 두푼 절약하듯 마음도 좀 아껴둘걸
　　몽땅 준 자식 사랑 반의반도 받지 못한
　　울 엄마 빈털터리 가슴 나 또한 마찬가지
　　　－「아바타」전문

일상에서 흔히 쓰이는 말 '아바타'를 제목으로 잡아 대물림해 내리사랑으로만 향하는 세태를 반성하고 있는 시다. 자식이 입원하면 입원실 문이 닳도록 들락거리며 지극정성으로 살피나 부모님의 병실에는 냉랭한 현실을 압축해 잘 보여주고 있다. 시인 또한 그런 잘못을 저질렀음을 실토하고 있어 진정성을 더한다. 자식만 챙기다 "빈털터리 가슴"이 된 엄마처럼 시인 자신도 자식에게 무조건의 사랑을 주다, 부모가 된 자식에게 똑같은 대접을 받아 "나 또한 마찬가지"로 "빈털터리 가슴"이 된, 내리사랑의 실태를 반성하고 있다. 자식들 또한 자신과 같이 내리사랑의 아바타가 된 현실을 반성하며, 윗사람을 잘 모시는 치사랑의 절심함을 환기하는 이 작품 또한 해학에 바탕을 두고 있다.

이처럼 조 시인은 우리의 일상에서 다양한 소재를 가져와 서정화, 시화하고 있다. 지금 여기 세태를 반성하는 시편들도 이번 시조집에는 간간이 눈에 띈다. 그런 세태, 문명 비판 시에서도 풍자처럼 날 선 비판보다는 시조미학의 특장인 해학으로 따뜻하고 재밌게 보듬고 있어 반성과 비판의 공감을 높이고 있다.

마음을 얻으려면 낭비가 미덕이다

돈이고 시간이고

기꺼이 퍼내는 것

따지던 잣대를 던지고 무작정 베푸는 것
　－「기본설계도」 전문

조 시인의 삶을 들여다볼 수 있는 대표적인 작품이라고 할
수 있는 단시조다. 우리에게 부정적인 의미의 '낭비'가 이 작품
에서는 오롯하게 빛을 발한다. 누군가의 마음을 진정으로 얻으
려면 "돈"과 "시간"을 따지지 않고 베풀어야 한다는 것. 모든 것
은 심은 대로 거두는 법이 아니던가. 우리들 기본설계도는 어
떠한가를 돌아보게 한다. 한 번 더 아름다운 낭비의 미덕을 생
각하게 하는 작품으로 읽힌다.

적확한 비유와 체험에서 진솔하게 우려낸 시다운 시조

어릴 적 우리 집에 걸려있던 두툼한 일력
아침마다 한 장씩 뜯어내던 날짜들을
이제는 볼 수도 없고 추억만 애틋하다

그 종이를 따로 모아 연습장을 만들어주신
아버지 하신 말씀 어제인 듯 다가온다
하루씩 찢는 게 아니라 시간을 쌓는다던

갈수록 얇아지는 지난날 일력처럼
망연한 내 뒷모습 아버지를 닮았다
봄볕에 꽃 그림자가 한 장씩 쌓여간다
　－「일력 생각」 전문

　내 어린 시절만 해도 지금의 달력보다는 한 권의 두툼한 책 같은 일력이 주를 이뤘었다. 한 장씩 찢어낸 종이를 모아 곧잘 연습장이나 휴지로 사용했던 기억이 위 시를 보니 새롭게 떠오른다. 위 시에서는 그런 기억과 함께 찢어버릴 날보다 쌓아놓은 날들이 더 많은 중년의 회한 같은 걸 펴고 있다. 그때의 아버지 나이에 이른 오늘의 삶에 대해 많은 것을 생각하게 한다.

　그러면서 마지막 수 종장 "봄볕에 꽃 그림자가 한 장씩 쌓여간다"는 서정적 처리가 압권으로 다가온다. 중년에 맞는 봄은 젊음의 생동이 아니라 "꽃 그림자"라는 것. 실체나 행동이 아닌 그림자지만 그래도 환한 설렘만은 영원하지 않은가. 그런 설렘과 그리움이 있어 이런 좋은 시를 쓰게 하고 있지 않은가.

살아온 날들보다 살아갈 나날들이
조금 더 가파른 걸 알고나 있냐는 듯
울다가 소리를 멈추고 내 눈치를 살핀다

사랑의 마음들은 그날그날 넘겨줄 것
재고가 쌓인다면 희망은 멀어진다며
이 아침 귀를 적시는 가르침이 뜨겁다
　－「까치 소리」 전문

　위에서 살핀 「일력 생각」과 같은 궤, 중년의 나이에서 나온 시다. 아침에 반갑다는 양 우짖는 까치 소리와 행태에서 "살아온 날들보다 살아갈 나날들이/ 조금 더 가파른" 자신을 생각하는 작품이다.
　첫 수에서는 그런 까치와 단박에 일치가 되고 있다. 아니, 까치와 자신을 단박에 일치시키려는 작위도 그대로 드러내고 있다. 그러면서 둘째 수에서는 중년의 나이에 익힌 체험으로 삶과 사랑의 진실에 대해 설파하고 있다. 사랑과 회한의 재고는 쌓아놓는 것이 아니라고, 그날그날의 삶과 사랑과 생각에만 충실하라고 이르고 있다.

　저 들판 들꽃같이 나 있고 너 있는데

붉으면 어떠하고 푸르면 어떠할까

서로가 흠이 있는 걸 견줄 일이 뭐 있을까

내 삶의 고갯길을 이쯤에서 헤아린다

무얼 그리 애써가며 붙잡고 있었는지

지나면 싱겁기만 한 그렇고 그런 것을
　－「헛웃음 짓다」 전문

　위 시 역시 중년의 나이, 숱한 삶의 체험에서 건져 올린 연시
조다. 모든 일과 사연들, 생각들이 다 그렇고 그런 것이니 분별
하지 말고 집착하지 말라고, "삶의 고갯길"에서 깨달음을 얻은
시다.

　들판에 핀 꽃들을 색깔로 그 미추美醜를 구분하지 않듯 차별
하지 않고 서로의 흠도 다 감싸 안아 주고 있다. 중장 "붉으면
어떠하고 푸르면 어떠할까"에서는 붉은색, 푸른 색깔을 각기
내세우며 여와 야, 보수와 진보로 나눠 서로의 흠집만 들춰내
며 죽자 살자 싸우는 우리네 볼썽사나운 정치 현실을 떠올리게

117

도 한다. 그러다 "무얼 그리 애써가며 붙잡고 있었는지"라 자문하며 집착을 버리라고 체험으로 말하고 있다. 영달이나 사랑에 대한 집착이 우리 자신과 사회를 고해苦海로 만든다고 일찍이 부처님은 말하지 않았는가. 종교나 경전과 달리 시인은 체험으로 말하고 있어 더욱 생생하고 살갑게 다가오는 것이다.

맹세로 떠도는 말 바람에나
흘려두고

못 갚은 몇 마디 말 공손히
돌려주고

저 꽃잎 무한 허공 속 품에나
안겨주고

너 아닌 다른 사랑 두 번은
다시 없을

바람도 울고 와서 가지 끝에
떨고 있을

아직도 그대 그림자 뒷모습에

흔들렸을

- 「꽃 지는 날」 전문

　제목처럼 꽃잎이 하르르하르르 지는 날 그런 꽃잎과 하나가 되어 온몸의 감각과 중년의 체험을 노래하고 있다. 세상에서 가장 귀하고 아름다운 말만 골라 쓰는 것이 사랑 고백이요, 연시戀詩의 상례일 텐데 위 시는 아니다. 그런 언어를 아예 버리고 있다. 종교적 맹세나 행하지 못할 미사여구 등 일상의 모든 언어들을 버리고 자신만의 태초의 언어로 시를 쓰는 자세를 보여주고 있다. 그리하여 종장 "저 꽃잎 무한 허공 속 품에나/ 안겨주고"라는 언어도단言語道斷 지경의 절창을 얻고 있다. 말로는 어찌어찌 형용해 볼 수 없는 무한 허공에도 꽃잎을 휘날리게 하고, 그런 말로 형용할 수 없는 자신만의 태초의 사랑을 어떻게든 드러내 간절히 전하려 하고 있다. 불교의 선禪에서는 언어도단의 참진 세계에 들기 위해 입 다물라 하는데 그런 세계의 참됨을 전하기 위해 어떻게든 입을 열어 언어로 그리는 게 시 아니던가. 그런 시 본래의 자세로 자신만의 지극하고 속 깊은 사랑을 전하고 있는 시가 바로 「꽃 지는 날」이다. 진정한 사랑이란 다시 없을 것이요, 항상 떨리고 흔들리는 것이란 것을 체험으로 익히 알게 한다.

위 시도 앞에서 살핀 시 「쑥」과 같이 행과 연 나눔의 기사법을 취하고 있다. 「쑥」에서는 각 장 첫 어절을 독립시켜 운율을 얻었다면 위 시에서는 마지막 어절을 한 행으로 독립시켜 변주하며 말과 사랑의 의미를 강화하고 있다. 첫 수의 각 장 마지막 음보 "흘려두고" "돌려주고" "안겨주고", 둘째 수 "다시 없을" "떨고 있을" "흔들렸을"을 보면 시인이 의도적으로 시조의 운율을 잘 살려내고자 한 노력이 엿보인다.

선거가 끝이 나자 사진도 뜯어지고

바람에 펄럭펄럭 얼굴들이 휘날린다

확성기 소리도 끊긴, 골목길이 휑하다

텅 빈 담벼락에 목련꽃이 일렁이다

승자의 얼굴 쪽을 쓰다듬듯 떨어진다

공약을 믿겠노라고 다짐하듯 꽃 지는 날
  ―「벽보」 전문

봄날, 선거가 끝나자 시끄럽던 골목길이 조용하다. 사진이 붙어있던 담벼락에 "목련꽃이 일렁이다/ 승자의 얼굴 쪽을 쓰다듬듯 떨어진다"고 시인은 말한다. 이 작품처럼 다른 시각의 '꽃 지는 날'을 찾아내 읽는 것도 이 시조집의 숨은 매력이다.

특히 우리 민족 고유의 정형시인 시조의 미학을 한껏 발휘해 냈으며 어떤 소재에도 충실하게, 자유자재로 시상을 펴고 심화하고 있다. 무엇보다 언어나 관념보단 온몸의 감각으로 펴고 있는 서정이 생생하고도 살갑다. 그런 올곧은 시적 자세와 서정이야말로 시조가 자유시의 모범이 된다는 것을 몸소 보여주고 있다.

영글어 맺힌 이름 사랑에 끝이 있으랴
남몰래 가슴앓이
보듬어줄 봄이 오고
메아리 들녘을 넘어 멀리까지 달려간다

해안선 모래톱에 나붓한 새 발자국
파도는 악기가 되어
쉼 없이 넘나들고
그참에 물결 거슬러 곡예하는 물고기들

마파람을 껴안은 채 해송海松이 지휘하자

해종일 수평선이

자맥질로 춤을 춘다

하늘을 넓히고 있는 늠늠하다 저 몸짓!

　－「구름 오케스트라」 전문

　첫 시조집 표제작인 「구름 오케스트라」를 통해서도 시조는 어떠해야 하는가를 잘 보여준다. 시인의 사랑엔 끝이 없단다. "남몰래 가슴앓이"를 했다 한들 봄이 다 보듬어주고, 영글어 맺힌 이름들은 메아리 되어 멀리까지 달려가니 말이다. 해안선에 음표같이 찍힌 새 발자국, 파도는 악기가 되고 그 결에 물고기는 뛰어오르고……. 바람에 흔들리는 해송의 지휘에 화답이나 하는 듯이. 하늘의 구름은 어떤가. 모양을 바꿔 움직이는 것에서 시인은 오케스트라의 연주를 떠올리는 것이다. 조금은 동화적인 이 시의 내용을 살펴보면 스스로 약해진 시력을 총동원하여 희망적인 꿈나라를 만들어냈다고 볼 수 있다.

　이번 시조집에는 모든 분야를 망라하여 진솔한 시인의 체험에 바탕을 둔 시편들이 눈에 많이 띈다. 그런 체험으로 자신을 되돌아보고 절대 사랑, 도道에 이르는 시의 자세를 자신만의 언어와 시조의 정형 시법으로 드러내고 있어 앞으로의 행보에도 믿음이 간다.

구름 오케스트라

—

초판 1쇄 2024년 3월 15일
지은이 조규하
펴낸이 김영재
펴낸곳 책만드는집

—

주소 서울 마포구 양화로3길 99, 4층 (04022)
전화 3142-1585·6
팩스 336-8908
전자우편 chaekjip@naver.com
출판등록 1994년 1월 13일 제10-927호
ⓒ 조규하, 2024

—

—

ISBN 978-89-7944-864-1 (04810)
ISBN 978-89-7944-354-7 (세트)